강으로 향하는 문

강으로 향하는 문

초판 1쇄 인쇄 · 2021년 10월 22일
초판 1쇄 발행 · 2021년 11월 1일

지은이 · 김금분
펴낸이 · 한봉숙
펴낸곳 · 푸른사상사

편집 · 지순이 | 교정 · 김수란, 노현정 | 마케팅 · 한정규
등록 · 1999년 7월 8일 제2-2876호
주소 · 경기도 파주시 회동길(서패동) 337-16
대표전화 · 031) 955-9111(2) | 팩시밀리 · 031) 955-9114
이메일 · prun21c@hanmail.net
홈페이지 · http://www.prun21c.com

ISBN 979-11-308-1829-0   03810
값 12,000원

춘천문화재단

본 사업은 춘천문화재단 2021 문화예술지원사업입니다.

강으로 향하는 문

김금분 시집

푸른사상
PRUNSASANG

애증으로 심하게 다툴 수 있는 사물들아,

사람들아,

살아 있었구나

그 틈바구니에서 생성되는 노함과 용서는

무미건조한 시대를 들끓게 하였다

오래 바라보니 그래, 내 말이 그 말이다

집 밖에 나가기 주저하는 시(詩)가 채비를 차렸다.

별다르게 모양을 내지 않아도 흉 될 게 없는

그쪽을 만나러 가기 위해서다.

춘천에서 출발해서 내 시가 있는 춘천으로 돌아온다.

2021년 가을 소양강변에서

김 금 분

| 차례 |

제2부

제3부

제1부

아이라인

계절마다 잎 매무새가 바뀌고 그날 나무의 표정에 따라
연필 색깔을 고르곤 했지

하늘에 눈썹 그리듯 매일 공중에 섬 하나씩 긋고, 수평
선의 기분을 살펴 깜빡거리는 등대

어린 무지개들 얇은 눈 가진 적 있다지
팽팽한 눈매, 그 금에 걸린 군중들은 나뭇잎처럼 푸르렀지

세상 눈 안에 들 때도 있고 눈 밖에 날 때도 있었으니
철없는 능선 참 눈치도 없어, 기어코 비뚤비뚤 나이를
먹었지

붉어진 눈꼬리 따라 넘어가는 서쪽의 포물선, 굵은 밧줄
돌리며 휘영청 달빛을 그리지

춘천, 무진

소양호 발끝에서 작은 소리 들린다
물병아리 치고 나가는 파문에
둥둥 북을 감는 흰 치마

춘천 산다고 아무나 안개를 볼 수는 없다
천만 마리 넘는 백로가 안개인지 새인지

봉의산 흰 머리 풀어헤친다

무진을 향하여
춘천을 떠나는 기차
무작정 무진을 찾아가도 마찬가지이겠지만.
무슨 무슨 도시라고 이름만 많은 춘천은
정작 안개를 붙잡지 못하고
철석같은 애인을 놓쳐버린다

곁눈질이 늘어난 내 사랑 춘천에

언제까지 깊은 이별의 마음을 주랴

한쪽으로 몰아서 떼를 짓지 않으면 저 안개는 힘을 쓰지
못하니

아, 윤희순

뒤뜰에 단을 세워 정한수 떠놓고
춘천 의병 전승 빌며 삼백 일 기도
내 한 몸 바쳐서 나라가 산다면
남녀 구별 쓸데없네 오로지 애국이요

만주땅 허허벌판 이름 없는 망명 생활
조선 독립 일념으로 군사훈련 몸소 받고
노학당 학교 세워 애국혼 길러내니
높은 뜻 흘러흘러 이곳에 살아나네

무순 감옥 모진 고문 아들마저 잃고 나니
칠십육 세 한평생을 나라 위해 쓰인 몸
쓸쓸히 눈감을 때 새 한 마리 울었을까
안사람 의병가를 목메게 부르노라

아, 윤희순! 그 혼불 영원토록

아, 윤희순! 조국을 지키노라

* 우리나라 최초 여성의병장 윤희순(1860~1935) 의사에 바친 헌시
* 춘천시 남면 가정리 애국지사(유홍석, 윤희순, 유돈상) 묘역에 새
  겨져 있음.

춘천, 김추자

늦기 전에 귀향한 김추자
눈이 내리네 당신이 가버린 지금
효자동 막국수집 자리에서 태어났다는
서글서글한 그녀,
춘천 외곽 동네로 이사 와
예전 헤어스타일 살리고
운동화는 반쯤 꺾고
한밤중에 드럼을 맘껏 치고 살다가
부모님 산소만 남기고 다른 곳으로 이주해 갔단다

몇 년 전 구봉산 카페에서 김추자 부부와 만났을 때
대화 중에도 노래를 못 참아 어린아이처럼 흥얼거리던
왕년의 디바 전설의 김추자,
고향에 기념관 세울 꿈으로 설레던 모습
컴백 공연 앞두고 살도 빼고 성형도 해야 한다고
소탈하게 이야기하던 그녀,
시정 물정에 약하고 천진한 매력을 뿜어내던

무인도 같은 김추자,

지금 춘천의 공기 속에 그녀의 아린 숨결이 함께 있다
노래밖에 모르는 한 생,
무대를 들썩이며 천부적 끼를 발산하던 전성기
춘천은 그런 그녀를 환호하고
월남에서 돌아온 김 상사만큼 자랑스러워했다
김추자, 춘천을 빛낸 가수
파도여, 슬퍼 말아라, 파도여, 춤을 추어라

소양강 처녀상

춘천 새벽안개를 숭늉처럼 끼니로 때우고
소양강 처녀상은 황톳빛 옷고름 날리며
음전하게 나이가 들어간다
뭇 행인들은 처녀가 애잔함이 없다느니, 독립투사 같다
느니
누가 채갈까 봐 그러는지 역심이나 부리는데
빈혈기도 없어 보이는 처자여!
열여덟 딸기 같은 순정으로 몇몇 해 살았는고?
진작에 시집을 갔더라면 육칠 남매는 두었을 성싶건만은
서산 노을 붉은 강물은 서답 빨래 헹구며 흘러가고
생산하고자 덤비는 뭇 별들이 비실거리며
애저녁에 스러지는구나
밤이면 봉의산 바라보며 연정을 품음 직한 처녀야
내 기꺼이 희대의 중신어멈이 되겠다
그리하면 춘천에 기개 넘치는 휘영청 떠오르는 보름달
푸르게 푸르게 흐르는 금침 위에
훗날 줄줄이 네 자식들이 틀림없으렷다

춘기계심순절지분(春妓桂心殉節之墳)

춘천의 계집

동백꽃은 피고 져도

조선 기녀의 콧대는 꺾이지 않습니다

강변 돌숲에 숨겨논 새알 둥지

떠난 님 뱃속의 아이처럼

그때가 언제 적입니까

황혼이 진다고 소리치던 물새들

그 사내들 다 뿌리치고

춘천 부사 김처인 전 상서

젖가슴 도려내던 피 붉은 봉의산

순정도, 그리움도, 절개도 다 부질없는 역사의 기록일 뿐

다만,

소양강 흩뿌리던 자존감의 정조 춘천 기생 전계심이랍
니다

선물이 무덤

광판리 만세운동 2개군 4개면 6개리 모여
아우내만큼 의기에 찬 장마당에
대한독립 울려 퍼졌다

왜놈들이 마을 의병 잡으러 왔다가
재수 없게 즈들 먼저 길 건넜다는 트집 잡아서
아이 업은 젊은 여자를 능멸해 죽이고 지나갔다

두 모녀 묻힌 돌무덤 쉬쉬하며
표를 해두었다가
수습하여 제대로 된 무덤을 선사했다고
선물이 무덤이라 이름 지었다는

갈밭 숲 묵묘를 가리키는 노인 만났다

뽕나무 사이에 무궁화 씨앗 심은
상록수 사건으로

광명학원이 폐교되고

만세 자리에 기념탑 세우는 일,
의기투합 주도하던
우리 아버지 일찍 병마에 가셨다는 이야기도
뺄골 사시는 95세 목영덕 어르신 증언하신다

무덤을 선물한 정 많던 동네,
한때 융성하던 마을이 쇠해 갈밭 숲 적요하나
기개는 살아 있어 카랑카랑하다

아침못

아침이 한창인 때에
아침못을 찾았다

여러 설이 있겠지만
하루아침에 연못이 되었다는 말이
그럼 직하다

바닥 끝까지 아침이 가득하다

거미줄도 방금 지나간 길
여름 풀들은 언저리에 발 담그고
나한테까지 물을 튕긴다

뭐든 미련이 생겨 돌아보면 저렇게
하루아침에 수장이 될 텐데
어디쯤에서 나는 고개를 돌려볼까

유포리 가뭄에 아침 논물 대러 나가는
푸른 농군,
수심 깊은 발자국 울림이 나비 날갯짓 같다

춘천, 하롱베이

두세 번 다녀온 베트남 코스에 빠지지 않던 곳,
기괴한 섬들을 돌고 돌아 깊은 동굴까지 들렀다 나오면
이국의 물빛이 오묘하게 스미던 촉감,
처음으로 멱을 감던 내 고향 개울 물살도 보드라웠지
소양3교 아래 강물 따라 작은 섬들이 꼭 그렇게 생겼다
춘천에서 가장 좋은 명소로 꼽는 나만의 장소는
바로 이 평온의 섬 풍경이다
해 질 무렵 찬란한 역광이 비치면
딴 나라 나온 듯 춘천도 지구 저편의 불가사의 중 하나,
배 띄우지 않고 섬에 닿아 있는
내 사는 춘천에도 올망졸망 하롱베이가 있다는 걸
서릿발 겨울이 되면
거룩한 성의(聖衣)를 입은 상고대가
춘천의 일출 맨 앞줄에 선다는 걸
해 퍼지기 전 나가보면 알지
걸어가다 마주치고, 집에서도 가까운 곳
나는 이곳을 춘천의 하롱베이라 부르며 오늘도 지나가지

언덕배기 움막집

육림극장 건너 운교동 강원은행 뒷골목
어둠이 꼬불꼬불 기어들었지
다른 곳 불빛보다 한 촉은 빨리 낮아져서
포장마차는 이른 시간에도 석쇠가 벌겋게 타올랐지

온갖 화려한 영화 인생 간판이 내걸리고
강원도 내 돈은 다 모여들 것 같은 강원은행 금고도
그 동네에서는 명함도 못 내밀어,
언덕을 올라가는 숨소리 가파르고
사그러드는 기왓장 기침 소리처럼
쿨렁쿨렁 내려앉아 덧대어놓은 천막들

재개발 천지인데도 너무 조용한
그 샛길 어느쯤에 동굴 속 움막집이 있는 거야
왠지 그 앞을 지나갈 때면 걸음이 빨라지고
목덜미라도 잡아채일 것 같은 무서움도 일었지

그러면서도 늘 궁금했어
도대체 사람의 흔적만 보이고 모습은 안 보이는

어느 날,
허리를 숙이고 동굴 밖으로 나오는 사람과 마주쳤어
나도 놀랐지, 안다면 아는 사람이었으니까
춘천에 웬만한 식당이나 결혼식장에 단골로 나타나서
오리온, 롯데, 해태 껌 파는 할머니
누구 주머니에서든 돈이 나올 때까지 버티고 계시는
그분,
껌처럼 질겼던 거야

이제 그 질긴 할머니조차 어느 곳에서도 만날 수 없는데
나도 그곳을 떠난 지 참 오래되었고
눈 감으면 아련히 떠오르는 가난들,
무섬증도 궁금증도 벽에 붙인 껌으로 삭아내리고
지난 일 까마득하듯 그 길을 찾을 수 없어

팔다 남은 껌처럼 처분하지 못한 움막집 빈 세월은
상속이 되었을라나, 폐가가 되었을라나

옛이야기 한 줄, 툭 튀어 내 생애 속보로 뜬다

춘천역

춘천 근화동 자취방에 경춘선 기적 소리 멈춘 적 없다
입석 버스 십 원 아끼려고 교동 36번지까지 걸어 다닐 때
친구와 나는 그 기차를 타본 적은 없다
역 광장까지 가서도 상행선 기차표를 끊지는 못했다

함께 자취하는 친구는 왕국회관 파수대 시험공부에 푹
빠져들고
나는 기말고사 범위 안에서 몇 밤을 뱅뱅 돌았다

잠을 쫓기 위해 춘천역까지 달리기하던 한여름 밤,
윗동네 홍등가에서는 홀딱 벗은 불빛이 으시시 겁을 주
고
미군부대 서치라이트는 빠른 물레방아처럼 돌고 있었다

딱정벌레 같았던 자취집은
명 질기게 버텨서 아직도 허물어지지 않았는데,
진학 상담 없이 졸업을 하고 친구는 소식이 끊겼다

비둘기, 통일호, 무궁화호 다 사라지고
청춘열차 ITX 으스대고 내달리지만
상경에 서툴렀던 여고 시절만큼이나
춘천역 개찰구는 여전히 낯설고 아득한 이정표다

한 칸 방 기차에 세 들어 살았던 근화동,
덜컹덜컹 닳아 없어진 미군부대, 난초촌, 옛 춘천 역사
 기억의 철길 따라 반사되는 춘천의 낯익은 이름들이 귀
청을 울린다

춘천, 공무도하가

길고 포악한 성정으로 전 국토를 흙탕물로 쓸어버린 이천이십 년 팔월 대(大)장마, 삼 년 만에 소양댐 수문이 꾸역꾸역 열리고 그 하류에 있는 의암댐 방류로 순식간의 유속(流速)을 못 이겨 북한 강 숨통이 급류에 갇혀 멱에 차 헐떡일 때, 그까짓 게 뭔데, 춘천의 심벌이라는 하트, 물에 둥둥 뜨는 유치한 사랑, 인공 수초섬은 애초에 사랑도 아니었다, 갈팡질팡, 억지 사랑은 부초가 되어 붙잡을 부표조차 없었다

님아, 그 배를 띄우지 마소
퍼붓는 장맛비에 어쩌시려오
저 인공 풀들은 애저녁에 목숨 놓았는데
십팔억 공사비가 눈앞에서 날아간다 해도
휘말리지 마시고 어여 돌아서시오
님아, 님아,
하늘이 불러내었소?
강기슭에 이리저리 옮겨 매던 사랑이
뿌리가 있었을 리 만무한데
억지로 붙들어 맨다고 쪼개진 하트가 꿰매지겠소
살았어도 죽었어도

먹먹한 하늘은 저대로이고

빗줄기는 점점 더 세게 눈물바다를 만들고 있소

님이여, 님은 그예 강을 건너시었소

어두운 천지가 제 머리 뜯으며 둥둥 북소리

안타까운 발 구르는 경춘국도

댐 하구에 걸린 생때같은 목숨과 영영 흘러가는 먹구름
이여

가마우지와 버드나무

지구본을 보아도
가마우지 앉은 터는 생략되어 있다

버드나무 죽은 가지를 차지하고 새벽잠에 든 가마우지
떼,

더럽히지 말라는 생태계 공중파를 피해
불가촉천민 검은 날개가 음울한 지붕이 되고
강물 위 고사목은 이미 숨 거둔 애인이로구나

원하지 않은 관계, 헤어지지 못하는 집착
세상 물 밖에서도 허다하지만
곁을 줘서는 안 될 일이 저질러졌다

버드나무는 점령군 배설물에 하얗게 잿물이 들고
좋은 시절 푸른 이파리 하나 머리에 꽂지 못하는,

소양강 가마우지 자치구,

새벽마다 연기처럼 피어오르는 안개

갠지스강에 흐르는 버드나무 다비식 같아라

갈밭둥지

이곳에 가을은 그 후로도 몇십 번이나 지나갔는지
발 없는 세월에 밟혀 구릉이 절로 납작해졌다

갈참나무 굵은 가지에 단오 그네 매달아
밀고 당기고 구르기로 허공 높이 솟아올랐던 곳,
학교 마당처럼 아이들 놀이터였던 곳,
아름드리나무 그늘에서 팔봉산 바라보던 곳,
도토리 떨어지는 소리에 후두둑 달려가던 곳,
나무야 나무야 겨울나무야,
노래 부르며 친구들과 동산을 내려가던 곳,
광명학원에서 갈잎학교였다가 광판학교로 이름이 바뀐
곳,
박격포 포탄 학교 종이 울리던 곳,
육이오 전쟁 때 소실된 학교 다시 세운 공로로
아버지 이름 석 자 서 있는 곳,

갈밭둥지 작은 언덕에 다다르니 빈 의자 하나 누가 놓아
두셨다

팔봉산 바라보다 일어났을까

그네 밧줄 걸렸던 나무를 바라봤을까

학교 앞 스무 마지기 논배미 팔리던 날

어머니 한숨만큼 깊은 적막이 흐른다

써보지도 못하고 운수업에 날려버린 큰 자식

주인 바뀐 그곳은 벼농사 대신 백합꽃 농사로 출렁인다

늘 지나치기만 하다가 큰맘 먹고

찾아온 갈밭 숲인데

의자에 앉지도 않고

괜히 모르는 손님처럼 서성이다가 돌아선다

가을 그늘도 서먹하게 배웅한다

해바라기

2020 도쿄 올림픽 시상대
해바라기 꽃다발의 선수들이 환하다

올림픽 폐막식
자원봉사자들 가슴에도 똑같은 꽃다발이 전해진다

강원도 운수골 너른 해바라기 밭에도
웃는 입이 커다란 청년들,
땡볕에 익은 얼굴이 샛노랗다

이만 송이 밭이랑에
까만 속 다 내보이고
하늘이여, 맘대로 하시든가

즐겁게 흔들리며 한 쟁반 지구를 돈다

강으로 향하는 문

북한강과 소양강이 만나
낮고 푸른 곳으로 머리를 두고 흐르는 강
인생의 물결처럼 안으로 깊게 출렁인다
어디로 간다 눈짓도 없이,
그곳으로 가는 경계가 여기 있다
강으로 향하는 문!
안과 밖이 꽃처럼 통하고 나와 그대가 차 향기로 소통하
는 곳

이 문은 희망과 사람이 마주 보는 거울
열어도 보이고 닫아도 보이는 문

낙엽은 지는데

저쪽 외로움이 이쪽 외로움에게 노래를 보낸다
소양강을 사이에 두고 서로 바라다보이는 동쪽과 서쪽
멀리 떨어져 앉았다
외로움은 친구가 있어, 덜 외롭겠네
낙엽은 지는데, 낙엽은 지는데,
최백호를 시켜서 낙엽, 낙엽을 불러대는데
낙엽은 바닥에 떨어질 때
한 잎 한 소절 더 외롭게 들이댄다
강 건너 카페에서 유튜브 노래로 이어받기
한 사람은 동면(東面)에서 한 사람은 서면(西面)에서
하고많은 김 시인과 이 시인,
소양강 노을 찻잔에 풀어지는 낙엽
약속하지 않은 외롭고 떫은 시간에
각각 혼자서 차를 마신다
낙엽은 지는데, 자꾸자꾸 낙엽은 지는데

구봉산

단지 내려다볼 수 있어서 가는 것이 아니라
눈 맞출 수 있는 봉의산이 마주 보여서가 아니라
휴게소 자판기 눈동자만 깜빡이는 그곳을 자주 오르는
이유는
밤새 안개 속에서도 혼자 밝히고 있는 뜨거운 신호,
한 잔의 블랙커피를 지하로부터 뽑아 올리고 싶어서다

몇 길이나 되는 저 아래,
무등 탄 것 같은 이른 아침의 전망(展望)에서
혼자 독차지한 아버지 어깨 흔들듯
춘천의 안개를 흐르는 물로 바꿔놓는다
종이컵에 가득 담긴 소양강을 휘젓는다
누군가 손가락으로 노를 저어오는 물살이 보인다

제2부

고립

사람의 열등감이 실은 얼마나 우월한지 모른다
그 힘은 먼저 공격하고 말도 많이 하고 틈만 나면
나는, 으로 쎄게 선수치고
그게 저 아랫산, 윗산들의 모임에선 습관적이다
봉우리 낮은 자잘한 자존감들은 나무 곁가지만 흔들어
보고
그게 맞다, 대충 눈치 고개 넘어가는 모양으로 비위 맞
춘다

다들 슬슬 피하고
그 변명에 걸리면 족히 한두 시간이니까
잘못 건드리면 봉변이 제 앞으로 쏟아지니까

바람 불고 눈비 지나가고 나이를 훑고 가고
순한 잎들은 영 성가셔서 하나, 둘 그 자리를 뜨고
나는, 으로 시작하는 고독한 자의식
결국 광장에 홀로 선 애물단지 낙락장송만 뻘쭘해진다

촛불

너를 만나기 위해 성냥을 찾아야 했다
반들반들해진 황,
불이 쉽게 붙을 리 없다

긋고 또 긋고
겨우 남아 있는 한 귀퉁이
두 손으로 동그랗게 감싸 쥐고
바람을 막아줘야 불씨가 튄다

누군가는 네가 먼저인 줄 안다
어두웠던 방이 환해진다고 믿기 때문이다
또는 제 몸을 태워 주위를 밝혀준다는 미덕을 떠올리기
도 한다

그러나, 침묵했던 무명(無明)의 성냥개비가 설해에 부러
지기도 하고
불발의 잔재가 머릿속 수북이 황으로 쌓인 시간이 지
나야

너는 한 촉의 난꽃이 된다

너와 내 뼈가 산산이 뿌려져야 지극한 향불이 된다

흑백

거울에 비친 몇 가닥 하얀 햇살
눈부신 것이 그것뿐이냐
군데군데 반짝이는 세월의 매복병이
바랭이풀 사이로 몸을 내민다

뽑을까, 말까

무덤에 가을풀 만지듯
쓰다듬고 헤집어보고
흑을 버릴지 백을 버릴지
한 올을 잡았다 제자리 놓아주는,

생각해 보니 굳이 흑백을 가릴 게 무어냐
검은 머리 흰 머리, 자리를 양보하며 퍼져가는데
들판의 뜻대로 내버려 둘란다

은유적 내 생의 흑(黑)은 백(白)이다

서로 섞여서 은은한 배색이 되어주는 늦동무
흑에도 백에도 정을 다 주고
무심한 듯 깊이 사랑하는 편안한 애인 삼는다

움파

네 발밑에서는 파란 얼음이 자랐다
강물도 언 발로 제 몸을 건너가고
지독한 한파가 몇 차례 휘돌아갈 뿐
왕래가 없는 무덤처럼
고랑은 겨우내 고요하다

겨울 땅과 너와의 깊은 관계는 세상에 알려지지 않았다
스러져간 많은 이야기를 거름으로 파묻을 뿐이다

눈이라도 왔으면 좋겠다
쌓였다 녹았다,
뜯어낸 그 자리에 새순이 고일 테고
텃밭 가득 파를 심었던 푸른 날들 솎아서
소식 끊긴 남녘으로 보내고 싶다

참 오래도록 소식 전하지 못하였구나
등 돌리고 떠나버린 먼 곳에
파라도 쑥쑥 뽑아 보내주고 싶다

매운 냄새 눈물 섞으며

움파를 움켜쥐고 그리움 쑥 잡아 올린다

낭만파

서른에도 낭만파 그룹에 들었었고
마흔에도 끼어 있었고
쉰에도 걸쳐 있었는데
그다음부터는 나이 먹는 낭만이 최고다

눈 비 맞아가던 청춘
대합실 의자에 가볍게 내려놓고
뭐든 즐거이 기다리며
다가오는 시간표를 만지며 놀면 된다

빨랫줄에서 걷어 입은 새 옷 냄새
당신 코끝으로 지날 때
무향의 향기만 풍기면 그만이겠다

낭만이 밥 먹여주는 오늘

감사함이 숟가락에 얹히고

실컷 누려본 쓸쓸함은 망사 레이스처럼 나풀댄다

제대로 붙기 시작하는 느린 힘으로
두꺼비 파리 잡듯 시간을 맛있게 나누어 먹으며 산다

몸, 눈사람
─ 마임을 보며

말이 없거나 말이 많거나
유치한 눈빛 하나로 깜빡 죽는 사랑이나
모두들 제 가방의 문을 열고
몸을 꺼내놓는다
눌러도 소리가 없는
조용한 물건일 뿐
그 위에 눈이 내리고 있다
뚱뚱해져라, 눈사람!
창자가 없으니 양식도 필요 없고
창고를 채우려는 도둑질도 헛손질이지
한지(韓紙) 뜯어내는 영혼의 손사래만이
하늘로부터 땅끝까지
갈빗대 사이사이 핏줄을 타고
무대와 객석을 멍하게 지워간다
가장 훌륭한 대사 한마디,
몸이 제 상처에 닿는 소리 허락하고
딱 한 줄 검은 눈썹으로
말 아래위, 경계를 그을 뿐이다

기름값

자꾸 부고가 옵니다
그전에는 사망 사유가 궁금했는데
그깟 거 안다고 뭐가 달라지겠어요
듬성듬성 남은 산에 단풍 한 잎 들어갑니다

산 사람은 어떻게든 산다고,
죽은 사람만 불쌍하다는 케케묵은 위로는 틀렸어요

그 사람 언제 호강 단풍 든 적도 없잖아

검은 세단 대절해 가는
한 장의 가을 부고장,

보탬도 되지 않는 모바일 부조로 하늘길 기름값 보냅니
다

명랑한 이유

오후 해 넘어가는 창가에
아침을 길게 끌어다 붙이는 가을산,

예전처럼 굴뚝이 있다면 저녁연기 정겹게 솟을 때인데
마른 풀 내뿜는 저 향기가 아이들을 부를 때인데

오늘은 구구만리 절경이 되어 오래 묵은 가을밭에 뛰논
다

젊은 어머니가 목 터지게 불러도
느리고 태평했던 이름들
해거름 끌고 마지못해 들어가던 집

가을 배춧국이 설설 끓던 곳,
밤이면 제일 깜깜했던 곳,
말솜씨가 좀체로 늘지 않는 곳,

다 자라도록 어떤 슬픔도 슬프게 설명하지 못하는 언변

덕분에

    지금까지도 늘 명랑한 그곳 출신들,

    타작 날 모여들어 타작 밥 나눠 먹던 선홍색 잇몸이

    공지천 산허리를 이쁘게 물고 넘어간다

풀무, 쇳물 소리

차갑게 식은 대장간
칼도 식고 낫도 식고 쇠스랑도 식었다
세월에는 무쇠도 당하지 못하였다
다 식으며 지나갔다

장날이면 훨훨 불꽃을 피워
온 동네 녹슨 연장 기다리며
숨이 달아 풀풀 들이쉬고 내쉬던 풀무바람
쇳덩어리 핏줄 파묻은 채
제 얼굴 두드리듯 죽어라 망치질해대던
젊은 곰보 대장장이도 식었다

번갈아가며 불과 물에 담금질해야
상극의 조화를 이루며 구부러지고 단단해진다는
그게 대장장이의 기술이다
벌겋게 달아오른 극단의 뜨거움을
차가운 물속에 담갔다 건지는 쇳물 소리
치지직 그 찰나의 시간을 들을 줄 아는

기막힌 감각이 그의 특장이었다

물, 불, 바람, 연기 섞어
무쇠의 시대를 살아온
미세한 바늘 귀까지 두드려 얻은 쟁기들
북적이던 장터와 대장간이 적막강산이다

등 구부러진 낫 한 자루, 밭은 기침의 인기척
청춘의 곰보 자국도 다 식어
파장(罷場)으로 돌아앉은 장거리에 아는 사람 몇 없다

일자(一字) 집들

1.

볏짚 썰어 황토흙에 섞을 때

궁핍이 훤히 들여다보이는 벽집이 된다는 걸 그 무렵엔 몰랐다

하루해도 모자라 달밤에까지 흙손으로 치바르던 수수깡 틈새가

토막잠 쌓아두는 눅눅한 광이 된다는 걸 미처 생각하지 못했다

오일장 설 때마다 선짓국이 끓고

위하수를 달고 살던 그녀는 앞치마에 비릿한 돈을 받아넣었다

찬바람 막기에는 너무 얇은 흙벽처럼

홑겨만 한 몸뚱어리 나흘은 앓아누웠다

2.

투전이 길어지는 겨울밤마다

산 아래 막국수집 무쇠솥에서는 밤새워 물이 끓고

골방에서 얻어먹던 짜투리 국숫발은 세상에 없는 면 맛이었다

이름난 화투꾼들 출몰하고 판돈 대며 거들먹거리는 난봉꾼, 한 판 돌 때마다 개평을 던졌다

마른 흙 눈발처럼 부서져내리는 몇 번 흥망의 겨울 지나
열대여섯 살 아이들은 대동화학으로, 서비스공장으로,
시장 점원으로 떠났다

3.

외롭고 심심해진 수수깡은 저 혼자 남아 오래 갈라지고
흙을 털어내기 시작했다

뼈가 약한 일자(一子) 집들 껑충해져 발목까지 부서지더니

마을 표지석 뒷길 큰 산 아래로 문패 두고 돌아가 뿔뿔이 흩어졌다

땡땡이 무늬

남부 로터리 긴 건널목을
기우뚱 타박 걸음으로 여인이 들어서고 있다
유행을 타지 않는 사선의 균형, 땡땡이 무늬
오래된 옷감이지만 당당하게
말복이 지난 막바지 여름 한 해를 또 입고 지나는 듯하다
지열이 솟아 실룩거리는 아스팔트
신호등은 길 한가운데서 숨이 막히고
오른팔 번쩍 치켜든 여인
서른 마흔 쉰?
가늠할 수 없는 나이대(代)
군데군데 떨어져 나간 몇 점 빼고는
서로의 간격을 지켜주는 의리, 땡땡이들
쓰러지지 않게 버팀목이 되었다가
방울방울 모여 피는 꽃밭이었다가
지금은
빵빵 재촉해대는 이 길의 중간에서
저마다 무게를 줄여 가벼워지는 풍선이 되어주고 있다
풀 죽었던 땡땡이도 일제히 살아나 바람을 넣어주고

있다
　조급하게 바뀌는 길거리 인심을 두려워하지 마,
　천천히, 천천히, 건너면
　평생을 이렇게 가도 너끈할 거야
　함께 무늬를 지키며 동행하는 거야
　땡땡이 여인이 길을 건너고
　사방에서 삶의 신호는 땡땡이 걸음을 맞추어 걷는다

장삿집 메뉴

상 위에 휴지를 꺼내려다가
올갱이국을 엎질렀다
몇 마리인지 푸른 머리 풀고 나뒹굴어진다
뜨겁지도 차갑지도 않은 슬픔의 등짝이 널브러졌다

삽시간에 퍼지는 국 냄새
타다가 스러지는 향불과 어우러져
그릇에 담겨 있을 때와는 딴판이다

바닥에 퍼질러진 국그릇처럼 애통하게 구르는 상주도
없는데
닦아도 닦아도 옷에 밴 냄새만 쿵쿵하다
한 인생 구수하기도 하고 매캐하기도 한
벚꽃 휘날리는 봄날의 저녁상

장삿집 식탁에서
자기에게도 이렇게 한턱낼 차례가 올 거라는
무순(無順)의 제비 한 장 뽑으며

문상객들은 상 위 메뉴를 훑어보고 있다

밑반찬 세어보며 저 사람 젓가락질을 유심히 살펴보고
있다

연엽(蓮葉)

한때의 함박웃음이 그 꽃이다

사진 속 얼굴들이 연을 닮았다

모두 제 진흙탕 속에서 서러움을 흔들던 꽃대궁이다

네팔 포카라 가는 길의 한쪽 절벽 낭떠러지가 덜컹거

린다

연꽃이 진다

오지의 슬픔도 절창을 지나, 마음에서 지기 시작한다

비포장길 푸르스름한 힘줄이다

의암호 저녁은 깊다

생의 물질이 다 빠질 때까지

몇천 년 숨을 참는 이파리

회랑처럼 긴 뿌리의 통로로 내려간다

연꽃이 지고 난 뒤 생애를 돌아보는 것은 누구의 몫인가

연엽(蓮葉)이 한세상 활짝 피고 있다

은수천(銀水川)

겨울 개천의 모래는 낱낱의 얼음이다

마음에 평생 모아둔 알알의 눈물들이다

허공에 날아간 것은 슬픔의 광기,

뺨에 남아 있는 것은 선명한 첫울음 자국,

얼룩얼룩

평생 시커먼 얼룩을 어머니 손으로 지우며

차고 시린 둑방길 달빛을 따라간다

꽃다지

너는 작은 눈웃음
이뻐서 다가가면
그냥 웃는다

봄 천지 흙눈을 뜨고
너처럼 웃으며
잔뿌리 오물댄다

네 살배기 타박거리는 그 길에
노란 발자국 앙증맞게 찍힌다

산새

내가 올라가고 있는 저 산에서

작은 새 한 마리 내려와 큰 나뭇가지에 앉는다

그 몸무게에 휘청,

약한 척

지는 척

지구 끝 한숨 돌린 그루터기

제3부

앰뷸런스

대학병원 반대쪽 길로 앰뷸런스가 쏜살같다
아픈 사람 대신 절규하는 사이렌
서울로 후송되는 모양이다

일자리 창출 조끼 입은 어르신이
꽁초 집어 올리며 허리를 일으킨다

'누가 밥 먹다 체했나?'

궁시렁 혼자 소리가 바퀴 구르는 속도를 느리게 뒤따른다
  위급한 병명이 무엇인지 달리는 구급차 속 사정이 모두
들 궁금한데,

소화 안 되고 곡기 끊어지면 모든 게 응급이지
흐린 하늘 더부룩 명치에 얹혀 있다

모종

하늘, 긴 목에 감은 옥색 스카프,

바람에 휘날리는 시폰 자락처럼 살랑거린다

농협 공판장 모종들도 야글야글하다

싱싱한 흙 포대는 대지를 향해 나갈 준비를 하고 있다

구매 전표 끊는 손길들이 싱글벙글이다

고추, 상추, 가지, 오이, 호박,

어릴 때 친구들 이름 부르듯 목청도 청아하다

뜀박질하면서 쿵쿵 자라나는 발목이 튼튼해지면

한철 싱싱하게 밥상을 채우고 뱃속도 맘껏 푸르러지리
라

어린 가을

아무리 나이 먹은 산도
아기처럼 발그레 물이 들면서
천진해지는 계절이 있다

시월 초입새 바윗돌이
어미 등에 이마를 붙인다

열이 내려 평온해진 저 단잠 옆에 눕고 싶다
한 이불 속에서 발차기하던 형제들 부르고 싶다

먼저 자리 잡고 잠자리에 든 봉분들,
그 위에도 햇단풍 쏟아지리라

말 배우기 시작한 가을이 여린 풀벌레 소리를 낸다

오늘 우연히 앞산 바라보다가
포옥 끌어안아주고 싶은 어린 가을을 마주하였다

길눈

길눈이 어두워 늘 어리버리 헤맨다
멈출 수 없는 신호에 떠밀려
길 밖으로 벗어나기 일쑤다

길은 나에게 열등감을 주고
자세히 그려준 약도 앞에서도 설설 긴다
길은 어디에나 있다는 말이 더 혼란스럽다

이런 멍청이 같은 회로를 달고
한평생 살다니

논두렁을 내달려 뛰어갈 때는 얼마나 눈이 밝았던가

철들어 사람 마음의 길 더듬거리다가
나는 너무 더듬거리다가
허방을 짚거나
길이 먼저 신발을 벗어버릴 때도 많았다

헐떡거리는 신발을 끌고

이만큼 와 있는 까막눈길

어제의 내가 오리무중이고 오늘의 내가 벼랑길이다

세월 양장점

옷 사는 일도 큰 노동이다
고르고 걸쳐보고 맘에 들 때까지 몇십 년

아까워서만은 아니다
내가 선택한 무늬와 디자인의 한철 유행
걸어만 두고 내다 버리지 못한 까닭은
내 몸의 오랜 기억과 그때 시간의 간이역에서 만났던
사람들과 장소를 떠올릴 수 있어서다

그런 것들만 남겨두기로 한 것인데
맘에 들지 않았던 옷도 지나고 보면 입을 만하고
어울리지 않을 것 같은 옷들끼리 걸어놓기도 한다

묵은 옷장은 육신의 그림책이자 역사서
걸치고 풍미했던 길목마다 푸릇한 습작 시가 폼을 잡고
헐렁한 단추 조이며
옷의 전성기를 암호화한다

휘날리던 머플러 자락,
바람결에 스쳐간 촉감들이 살아나기도 한다

계절이 바뀔 때 입었다 벗었다
혼자 하는 패션쇼,
길거리에 나가지 않아도 만날 수 있는 사람들
젊은 날 어깨 뽕이 살아 있는 옷장 속 세월 양장점

코의 힘

내 콧물을 맨손으로 훑어주시던 겨울
얼마나 길고 먼 훌쩍임인지
어머니 손길이 많이 가던 곳
콧볼을 꼭 쥐었다가 풀어주고
내 코는 그래서 뭉툭해졌나 보다
도회적 고도 제한에도 염려 없고
만만해 보일 정도의 겸손한 높이에서 멈추었다

하루해를 옷소매 반들반들 끌고 다니다가
산골 긴 겨울밤 곯아떨어졌다
쌔근쌔근 집집마다 코흘리개들이 많아서
한 번 밀고 한 번 당길 때마다
밤새 강물만큼의 입자가 모여
아이들의 얼음판이 되었다

횡횡 말 달리는 소리를 내며
동네 뒷산으로 너른 들판으로
겨울바람 몰아치고

산골짜기 맑은 물도 마르지 않고 흘렀다
이마를 짚어봐도 열은 없었다

코의 힘이라 믿는다
부끄럼 없이 콧물을 달고 살던 아이
거칠 것 없이 전진하던 총싸움, 언 빨래터
야성을 키워준 나의 추위들
마르지 않는 콧물이 끊임없이 흘렀기 때문이다

꽃사태

울음이 터질 무렵
꽃은 자꾸 웃는다
옆구리 간질이는 날벌레
울음 같은 웃음, 한두 번 아니지만
오죽하면 꽃이 터졌으랴

피려고 안간힘 쓰던 날들은
혓바늘 안으로 밥을 넣던 시간이었다
다물지 못하는 입술은 작약처럼 부르트고
저절로 아물어야 예쁜 흉터,
꽃의 한 생애도 마지막 영정을 고르고 있다

오색 밥보자기로 들판을 덮어보자
별반 다르지 않은
세상의 밥그릇들,
그 안에 흔들리는 꽃바람을 채워보자

목숨을 걸고 피었다 지는
울음이나, 웃음이나
넘어지는 단 한 번의 꽃사태

은종

이곳은 섣달그믐, 서산에 닿았다
홀가분한 시간들 머리끈 묶듯이
또 하나의 나이를 먹으면서 삶이 길어진다

이 나라 이 겨울을 건너는 강은 유독 슬픔이 많아
서로 바라보기만 하여도 연민이 솟아

야단치지 않고 다 받아주시는 어른이 그립다
신발은 따뜻하게 신고 다니니?
먼 길 꿈속에서라도 그런 위로를 받고 싶다

어릴 적 하던 그 모양대로 칭얼대며
얕은 잠투정에 들고도 싶다
누군가 달래주겠지

살아간다는 말은 너를 사랑한다는 신호
함박눈 내리는 고요 속에 손을 꼭 잡는다
물소리처럼 그리운 이름이 되어본다

기다리며 쉬어가는 한갓진 시간에 앉아본다

한 해를 다 보내고 이제 남은 거리는
몇백 년일까

사는 게 모두 거기서 거기라는 저녁 어스름
은종이 울리는 세모의 함박눈을 넘겨받는다

그대여

그대라는 말,
입 밖에 내기가 쉽지는 않다
뭔가 관계가 있는 듯도 하고
너무 상투적으로 쓰는 막연한 허공
구태한 시적 호칭 같기도 해서
그런데 그대라는 말
하늘 쳐다보며 떠올려본 적이 있다
얼굴이 없던 그대여!

이렇게 말하면
별수 없이 진부하겠지
별을 보거나
달을 보거나
실타래 같은 응석이 휘갈겨 있을 때라면 말이지

나를 업어주던 등
나를 숨겨주던 비석
나를 떠먹여주던 밥그릇

나를 가르쳐주던 말들
나를 두고 간 기억 없는 시간

냄새를 풍기지 않는 그대는 없을까
아예 없었거나 풍화되어서
그대라는 그리움만 남아서 떠돌고 있다면,
아버지처럼,

겨울비

살구나무 가지에 들렀다가
아주 멀리서 오기 시작한 발걸음처럼
천천히 땅에 닿는다
맺힐 것 없고 숨찰 것 없는
하염없는 이야기,
잘 늙으신 어르신의 깊은 눈물이다

맑은 실눈으로
들판을 통찰한다

웅크리고 있는 낡은 집 찾아
검은 시멘트 벽을 문지르는 빗줄기
누가 지나간 길인지
누가 지나갈 길인지
묻지도 않고 흘러내린다

시시비비 입을 꾹 닫은 채
고요한 살구나무 아래로, 생각에 젖은 겨울비가 걸어간다

산국(山菊)

내가 지나가고 난 다음에야
꽃들은 피어났다

나는 늘 꽃길보다 한 발 빨랐으니
돌부리마다 발톱을 뽑아 바쳐야 했고

거미줄 꽃판에 걸려 사력을 다해 퍼덕이기도 하였다

한두 마리가 아닌 포획된 벌레들,
꽃의 수명만큼 모여서 춤을 추었다

서리 앉은 산국(山菊)은
모든 꽃이 지나간 다음의 오상고절 꽃다발

앞서거니 뒤서거니 다 지나간 늦가을 고인돌이다

입동

너는 가을을 잡아 내 손에 놓아주고

나는 그 강을 풀어주고 있다

거센 물결을 만드는 것은 암초에 걸린 맨 밑바닥 그 말,

속뜻 서운할 때마다 기울던 나룻배가

강가에 걸터앉아 글썽이는 발끝 바라본다

이른 아침부터 비는 내리고

젖은 낙엽들,

몇십 년 미끄러져 입동에 섰다

손바닥 겹친 모양으로 가을과 겨울이 한 몸에 있다

이별에 섞여서 내리는 진눈깨비

눈보라 오기 전에

목도리 여며주는 산,

손을 떠난 그리움이 뚜벅뚜벅 지나가고 있다

화목원 팥배나무

하얗고 몽실한 팥배나무 꽃 사이로
노랑 세 줄 벌떼들 정신없이 꽃술을 빤다
앙증스런 발 흔들며 어미젖을 세게 문 젖먹이의 콧노래,
팥배나무는 잉잉 우는 시늉을 한다

미처 넘기지 못한 젖이 넘치듯
하얀 꽃 세상으로 넘쳐흐른다
이 나무 저 나무 젖이 풍년이다, 아가야 걱정 말아라

가을까지 젖을 먹거라
젊은 과부 어미의 젖가슴에서 일곱 살까지 떨어지지 않
던 금송아지야

오밤중에도 더듬더듬 찾아가던 사막 같은 그곳, 이 봄

푸른 옷섶 비집고
젖이 불어 만발한 팥배나무 꽃

베개

머리를 내려놓는 것은
메밀껍질 속에 하루 짐 부리기
문턱에서부터 불 끄고 어둠으로 걸어가기
잠이라면 남부럽지 않았는데
쓸데없는 생각에 걸려 이 밤의 줄을 넘지 못하고 있다

한 생의 역사가 머리맡에 걸려서
뒤척거리며 시비에 시달린다
잠 못 자서 죽은 사람은 없다는데
겨울은 눈도 오래 내리고 밤도 길다
그 어두운 길은 제자리걸음 중이다

말랑말랑 구두

전적으로 이긴다거나 전적으로 밀린다거나
그렇게 하지 않아도 그냥, 저냥,
편안한 말벗처럼 굽 낮은 구두가 좋아졌다
말랑한 소재로 만들어진 수더분한 모양
되양되양 얼굴 반짝 치켜드는 젊은이보다
그러려니, 반늙은이 정서가 새록새록 맘에 든다
쑥쑥 들어가는 쿠션을 지그시 누르는 찰나,
허물없이 맞받아치는 농담처럼 경쾌하게 튀어 오른다
자유자재로 걷는 맛까지 구수하게 만들어낸다
오래 걸어보면 알게 된다
장걸음을 하려면 신발이 편해야 하는 법
관포지교가 따로 없다
못생긴 스타일이야 자꾸 보면 괜찮아지니 염려 없고
발바닥 굳은 고집까지 말랑말랑 헤아려주는
느지막이 걸어갈 길동무 한 켤레 구하셨는지

코로나 19, 시(詩)

봄은 사회적 거리를 알지도 못하고
꽃다지 눈동자 가까이 붙어서 걸어간다
세상의 권고는 누구든 2미터 바깥으로
떼어놓아야 안전하다 하고
사랑의 비말은 공중에 흩어져서
소독 중이다
애인 있는 사람이 가장 견디기 어려운 시대라고
누군가 우스갯소리 던져도
접근 금지 자가 격리, 서로의 감시 속에
지금 때가 농담할 분위기냐며
재채기 터지듯 봄꽃 벙그는 사월이건만
춘래불사춘이다
고독의 직경이 넓어진다
혼자의 세계가 꽃나무마다 눈을 틔운다
외려 시 쓰기 좋은 유폐의 시절
깊이 갈아엎을 시적 면역력이 높아진다
산성 토질이 빠지고 새로운 작물,
각자도생 싱싱한 밭 고랑 일구며

입맞춤할 종달새 애인 불러내어

빼앗긴 들판에

플라토닉 연시를

파랗게 써 내려갈 절호의 바이러스다

제4부

생강나무 이파리로 제의를 지어 입고

천추의 눈물 뚝뚝 채워진 동백으로 피었다가

제 침으로 세수를 해야 하는 곤궁한 아침 해 몇 날 며칠
시들더니

그 속에서 노란 혓바닥이 입맛을 놓는다

진달래 뒤이어 각혈하던 꽃들은 금병산 넘어 북망산까
지 줄을 섰다

흰 눈밭 도둑길, 까망 동박의 숨결도 가쁘다

몇 그루 죽어 넘어진 생강나무 이파리로 새하얀 제의(祭
衣)를 지어 입고

춘천 유정의 뜰에서 오열하는 산골나그네

아무도 앞에 세워놓지 않은 동상의 옷자락만 펄펄 눈물
을 휘날린다

마을회의

묵혀두었던 기침과 치질을 다시 꺼내 위아래로 피 토하고 고꾸라지는 통증,
풍화가 되어도 완치는 되지 않아 뜬금없이 불거진 동백꽃 이념 문제로
죽었더라도 꼭 참석해야 한다는 마을회의가 소집된다

김유정, 좌우로 대답이 없다
기침하는 중이오, 기가 막혀 떼로 부러지는 늑막뼈
지게 작대기로 정통 매 맞고 벌떡 일어난 두꺼비 엉덩이가 두엄 숲에 오르다,
금병산 가슴팍에 선혈을 쏟아낸다

염치없는 만무방, 화무십일홍 가문에서 막춤꾼들이 태어난다

이 봄의 무덤은 위작이 태반이다
원작에 없는 동백꽃 진영(陣營)이 난데없이 주어가 되다니,

죽은 이가 출석한 오늘 회의는 점순네 닭이 와야 성원이
되고

　스르르 저수지에서 기어 나오는 뱀이 손을 들어야 만장
일치가 된다

우화(寓話) - 붕새

옛다,

조롱 섞인 빵 부스러기

핥으려고 촉수 겨누는 혀

기울어진 식판을 온 천지 깔아놓고

내로남불 식탐으로

누구 밥주발을 뒤적거려야 하나

경험해 보지 못한 배부름에 빠져

급기야 쉬파리가 되는 줄도 모르고

야광으로 번쩍이는 날개 붕붕 난다

매미가 붕새를 비웃듯

단거리 활공에 먹거리 지천이다

눈이 튀어나오도록 세차게

허풍이 섞일수록 진지하게

한 무리씩 방향 잡아 확성기를 높인다

한두 번 말해가지고 되겠어?

귀에 딱지가 앉아야지, 신념이 되어야지

어기적 똥폼이 먹히고

가식의 타임아웃 넘기며 진화하는 파리들,

졸지에 붕새가 되는 건가?

날개에 현수막이 걸린다

'남의 살 파먹는 벌레 퇴출!'

남의 살인지 벌레인지

파리채 아니면 그들의 수명을 확인할 길 없다

곡(哭), 웃음이 터졌네

　굴건제복의 상주들은 조문객 올 때마다 쉬었던 곡 마디를 이어간다
　애고애고, 어이어이, 어어어어, 오디션 없이 무대에 오른 장송곡 메들리

　어머니 사흘 장에 지역 고관댁이 문상 오셨는데
　엄숙한 맞절의 순간,
　왜 하필 그때에
　내 귀에 꽂히는 곡소리들 뿔뿔이 늘어지고 처지는 판국이라
　처연함마저 엇박자 꽁지를 들고
　생전에 농담으로 좌중을 웃기시던 어머니까지 힘껏 도우시는지
　급기야 웃음보가 터져서 꺼이꺼이 어깨를 들썩이고야 말았으니

　참으려 할수록 제 슬픔대로 조율하는, 어이어이, 에고에고,

눈물범벅으로 겨우 무릎 일으킨 내가 너무나 애통해하는 것으로 보였던지

어떻게 위로해야 할까 쩔쩔매던,

망자의 딸이 설마 넘어가게 웃었으리라는 상상은 귀신도 못할 일,

한번 우습다는 생각에 붙잡혀 난감하게 키득대던 나만 알고 있는 큭,

난리 겪듯 그렇게 도를 넘은 눈물의 충격이 오래가는 건지

그럴 형편이 아닌데도 때 없이 쏟아지는 내 생의 곡소리 너머 웃음소리

고추장

사는 게 어쭙잖고 메슥거릴 때
매운 고추장 한 숟가락 썩썩 비벼보아라
진수성찬 다 물리고 새빨갛게 물들여
혓바닥을 점령하라
땡볕에 약이 오른 고추들
툭툭 꺾어서 듬뿍 찍어 먹어라
눈물 콧물 다 쏟아라
혀를 내두르거나 아무 바닥에나 문질러대고 싶거든
쭉 빼서 길게 늘어트려라
헤헤 휘저어라, 물먹은 자루처럼
침이 흐르는 낭떠러지를 지나
광활한 바람을 맞받아치게 하라
덥썩 깨물었다가 매운맛을 보고야 마는
모든 끝이 뾰족한 이유를 적어라
만만한 맛이 어디 있더냐
그렇게 한 판 거는 거다

못 버리는 일

자꾸만 사람을 끌어모으는 일

그 때문에 시달리고 힘겨워하면서도

뒤돌아서면 서로 우습게 여기고 뒷말을 하면서도

상대를 대수롭지 않게 여기기 다반사이면서

그러면서도 좁은 바닥에서 왕따 당할까 봐

또다시 약속을 잡고

속엣말도 제대로 못할 거면서

하루해를 공(空)으로 넘기고

뭔가 미진한 듯하여

또 다른 시민 조직을 만들고

역사적 발대식을 하고

모이는 숫자를 조바심으로 헤아리고

한때 젊었던 또래들 함께 나이 들어가며

마음속까지 꿰뚫어

미운 정 고운 정 끝끝내 못 버리는 찰떡같은 사랑!

농담계(弄談契)

망가져야 됩니다

생각을 아무렇게나 하고 말도 함부로 해야 합니다

빠른 속도로 확확 야생화가 피겠지요

귀가 뻥 뚫립니다

바짝 다가앉습니다

난무하는 헛소리는 건강식품이 됩니다

살판났습니다

하지 감자 캐내듯

줄줄이 웃음보가 터집니다

떼굴떼굴 몸을 굴리고 추가로 한 바퀴 더 굴립니다

기상천외한 어록을 구사하지 못하면 이 밭에서 도태됩
니다

장터 핫바지 사자성어 입장 사절입니다

신상품 농담계에서는 고운 말 바른 말 못 받습니다

아픈 상처를 호벼 파거나 헐뜯고 비웃고 말꼬리 잡는 실
력자를 찾습니다

계(契)에 망한 경력자 우대합니다

말 따로 행동 따로, 여전히 선착순 좋은 번호 드리지요

모월 모시 오야 올림.

구부정한 법

해와 달은 누구의 판결로 아름다운 실형을 사시는가
온 인류가 성호를 그으며
일평생 면회를 가고
그믐길도 쉬어갈 수 없는 종신 형량들

해 아래 달 아래
평생 순리대로 살아라, 법 없이도 산단다
논두렁 인심 속에 섞여 있는 육법전서

내 어렸을 적
동네마다 명판사 한 어른씩 신출귀몰하셨는데
순 엉터리 같으면서도
모두의 고개가 절로 끄덕여지는
구부정한 낙조의 호령이 엄하고도 따뜻했다

그 시절의 찌질한 잘못과 그 시절의 능청스런 징벌이 그
리운 이 시대,

연애편지도 못 써보고 툭하면 고소장이 난무하는 고발 만능 시대에
법은 누구 편인가, 멀미가 나는 세상이다
법 좋아하다가 법에 망한다는데,

역지사지

아파트 도색 공사
페인트 깡통의 사내들 밧줄에 매달려 색칠한다

누가 칠하고 갔는지 알 수 없으나
우리 집 바깥 베란다에 그림 한 폭 그려져 있다

공중에 걸터앉아
100호 넘는 유리창에 손가락으로 난을 치고
지우지 않은 채 내빼버린 페인트공
낙관 없는 작가 미상의 잡초 한 점 떠맡았다

창에 쌓인 먼지 음각으로 드러나
엉성한 초배 그림
손에 닿지 않는 등짝처럼
떼어낼 수 없는 난공불락의 저 야생 난초

사내들은 돌아갔고 그림에게도 화풀이할 수 없는 날

누구의 멀쩡한 가슴에 내 헛된 그림이 저런 짐짝으로 걸려 있으려나

맨드라미

제 말 좀 들어보라고
사방에서 자꾸만 잡아당기는 바람에

무던한 저 귀
속으로 성질이 뻗쳐서
붉다 못해 먹자줏빛이 되었다

마당에 귀뚜라미 뛰는 가을, 풍문이 심상치 않다

맨드라미 한 자루 소나기처럼 쏟아졌다

한철 물들다 지나가는 한 소식

작은 똥

뭐 먹을 게 있다고 작은 똥에 앉았니

한번 파리는 영원한 파리,

그까짓 거 먹으면서

싹싹 빌어대는데

그 똥에 배부를 양이면

날개를 달지 않아도 좋으련만

손바닥에 침 발라

비는 흉내 그 모습이

가련하구나

그냥

이십 년도 넘었을까, 그해 1월
네팔 사원 한 모퉁이 수행자가 묘기를 보여준 적 있지
자기 생식기에 눈금 없는 저울을 걸고
메주만 한 돌덩이를 얹어놓으며, 일 달러!

중심이 흔들려 대롱거리는 저울추
바닥에서 한 뼘쯤 들어 올리는 돌의 둘레에서
까마귀는 떼로 울며 맴돌았지
입을 삐죽이는 원숭이도 분주하였지

건너편 파슈파타나트 화장터에서는 만다라처럼 연기가
돌아가고 있었지

지폐와 카메라가 함께 뒤섞이고
구경인지 초월인지 갈피를 못 잡는 이방인들,

시들어가는 저녁노을, 저울에 달아도 눈금은 그대로

겉옷 추스르며 아무 일 없었던 듯 가부좌 튼 남자

기웃거리며 물어보았지, 왜, 여기서,
곧바로 돌아온 대답에 일행의 얼굴은 어색하게 풀어졌지
'그냥'이라는데 뭘,

그해 인도와 네팔 여행 제목은 '그냥'으로 정했다
그때나 이때나 굶어 죽지 않을 만큼 눈 내리는 겨울인데,
앨범에 끼지도 못한 야한 사진만 구석에서 수행 중이다

5대 5의 불평등
— 청문회

반씩 얻고 반씩 잃었다

절반을 못 넘으면
표결이 성립되지 않는다니
누구의 마음을 반으로 쪼개나

사과 열 개를 다섯 개씩 나누는 것,
밥 열 공기를 다섯 공기씩 나누는 것,
그 밥상은 공평하다

열 명이 모여 투표를 했다
하나의 다섯은 이기고
하나의 다섯은 졌다

이하(以下)와 이상(以上)에서 갈렸다
이상을 충족하지 못하면 부적격이다
어떻게든 여섯 표를 얻어야 한다
한 표를 얻기 위해 수단과 방법이 동원되어도

덜어낼 수 없는 사람, 별수 없다

민주주의 다수결 원칙은 불평등을 깔고 가는 낙법(落法)
으로

5대 5는 청문회를 통과하지 못했고, 그는 문턱에 끼었다

도마뱀

라오스 메콩강은 붉은 구렁이였다

우기에 찾아간 흙탕물 줄기

콰이강의 다리를 건너보고

새벽 탁발도 거들어보고

덜컥거리는 자동차로 시골길을 달려도 보고

며칠의 여행이 지나갈 즈음

모처럼 맑은 저녁,

강가 펜션에 여장을 풀었다

숙소에 들어와

불을 켜자마자 높은 천장에 달라붙은

도마뱀 두 마리가 눈에 띄었다

놀라지도 않고 꼼짝도 하지 않는다

손에 쥔 것을 이것저것 다 던져보아도 기척도 없다

밤새 꼬리가 자라서 바닥 가까이 올 것만 같은

누구를 부르지도 못하고 밤새 뒤척이다가

이른 새벽 방문을 열고 보니

문 앞에 기다리기라도 한 것처럼

더 큰 도마뱀 두 마리가 문턱에 엎드려 있다

라오스에서는 도마뱀이 해충을 잡아먹어서

오히려 사람하고 가까운 쪽이란다

독이 없으면 우리 편인가

라오스 다녀온 지 몇 해 되었는데

아직도 천장에, 문턱에 엎드렸던 도마뱀은 꼬리가 자라
고 있다

잃어버린 근원, 그 현재화에 대한 감각

송기한 | 문학평론가

1. 지역성과 서정의 샘

『강으로 향하는 문』은 김금분 시인의 네 번째 시집이다. 1990년 『월간문학』으로 등단한 시인은 이미 『화법전환』(1992), 『사랑, 한 통화도 안 되는 거리』(1999), 『외로움이 아깝다』(2017) 등을 펴낸 바 있기 때문이다. 이 시인의 작품 세계의 근본 특색 가운데 하나는 감성적이라는 점이다. 시인의 시집을 읽으면 금방 알 수 있는 것처럼, 시인의 작품들을 지배하고 있는 정서는 센티멘털한 것들이 대부분이다. 서정시가 일인칭 자기 표현의 양식임을 감안하면, 이런 서정적 지배소들은 지극히 당연한 것이라 할 수 있을 것이다. 이번에 상재하는 『강으로 향하는 문』도 지금껏 시인이 보여주었던 그러한 정서의 흐름으로부터 비껴가 있는 것이 아니다. 이 시집을 지배하는 정조 역시 센티멘털한 감수성으로 물들여져 있는 까닭이다.

하지만 『강으로 향하는 문』에는 이전의 시집에서 볼 수 없었던, 분명 새로운 인식적 지반이 펼쳐져 있는 것도 엄연한 사실이다. 무엇보다 시인이 응시하는 정서가 긍정적인 것들에 그 초점이 맞추어져 있는 까닭이다. 이전과 이후를 구분하는 작품 세계들의 인식성의 지표는 고향이라는 정서, 보다 구체적으로는 시인의 실제적 고향인 '춘천'에서 찾아진다. 고향이란 흔히 통합의 정서, 완결된 정서를 구현하는 까닭에 어떤 부정의 감수성이 들어올 틈이란 게 애초에 차단되어 있다. 따라서 『강으로 향하는 문』에서 읽혀지는 정서의 긍정적인 효과는 모두 이 고향이라는 지역성과 밀접히 결부되어 있다고 해도 틀린 말은 아닐 것이다.

한 시인의 작품에서 어느 특정 지역이 지속적으로, 그리고 전략적으로 드러난다는 것은 매우 예외적인 일이 아닐 수 없는데, 그만큼 시인의 작품 세계에서 고향은, 아니 춘천은 매우 특수한 서정의 공간으로 자리하고 있다. 그 공간에서 시인의 서정의 샘이 만들어지고, 그 샘에 언어의 옷이 입혀지는 것, 그것이 『강으로 향하는 문』의 서정성이다.

『강으로 향하는 문』은 총 4부로 구성되어 있는데, 주로 제1부의 시편들에서 이런 고향의 정서를 담고 있다. 하지만 이는 편의상의 구분일 뿐, 그 감각은 시집 전편에 드러나 있다. 어쩌면 대부분의 시편들이 이 정서와 분리할 수 없다는 점에서 고향은 이 시집의 전략적 소재 가운데 하나라고 해도 과언이 아니라고 하겠다.

자신의 뿌리이자 서정의 샘인 춘천에서 시인이 길어올리는 소재들은 여러 방면에 걸쳐 다양하게 나타난다. 거기에는 춘천의 인물과 역사가 있는가 하면, 자연이 있고, 또 생활이 있기도 하다. 그뿐만 아니라 근원이라는 정서와 어긋나는 근대적 물결의 어두운 구석도 포착되어 있다. 그렇기에 『강으로 향하는 문』을 읽게 되면, 춘천의 모든 것들에 대해 자연스럽게 알게 된다. 이는 사진기처럼 묘사가 세밀한 역사 소설에서 가능한 일이거니와 서정시의 영역에서는 쉽지 않은 일이다. 그럼에도 시인은 그러한 서사적 임무를 서정의 영역에서 구현해 내고 있었던 것이다. 이런 방법적 의장이야말로 이 시인만의 득의의 영역일 것이다.

뒤뜰에 단을 세워 정한수 떠놓고
춘천 의병 전승 빌며 삼백 일 기도
내 한 몸 바쳐서 나라가 산다면
남녀 구별 쓸데없네 오로지 애국이요

만주땅 허허벌판 이름 없는 망명 생활
조선 독립 일념으로 군사훈련 몸소 받고
노학당 학교 세워 애국혼 길러내니
높은 뜻 흘러흘러 이곳에 살아나네

무순 감옥 모진 고문 아들마저 잃고 나니
칠십육 세 한평생을 나라 위해 쓰인 몸

쓸쓸히 눈감을 때 새 한 마리 울었을까
안사람 의병가를 목메게 부르노라

아, 윤희순! 그 혼불 영원토록
아, 윤희순! 조국을 지키노라

—「아, 윤희순」전문

이 작품 속에 나오는 윤희순(尹熙順)은 춘천이 배출한 여성
독립운동가이다. 그녀가 활동하던 시기인 1895년은 명성황후
시해사건(을미사변)과 단발령이 시행되는 등 국권과 전통이 심
히 위협받던 때이다. 이에 윤희순의 시아버지인 유홍석이 춘
천의 유림과 더불어 이소응(李昭應)을 의병대장으로 추대하고
춘천과 가평 일대에서 의병작전을 전개하기 시작했다. 이때
윤희순은 〈안사람 의병가〉와 〈병정의 노래〉 등 몇 편의 의병가
를 지어 의병의 사기를 진작시키는 한편으로 직간접적으로 춘
천 지역의 의병 활동을 적극 후원하기도 하였다. 이런 투쟁과
함께 궁극에는 남편인 유제원을 비롯한 시댁 식구들과 더불어
만주로 들어가서 의병 활동을 이어나간 인물이다.

이런 업적을 갖고 있기에 윤희순은 춘천의 자랑이기도 했고
또한 시인 자신의 자랑으로 자리 잡았다. 그러한 까닭에 이를
선양하는 일이야말로 지역성에 대한 시인의 자부심이며, 서정
의 근원이기도 할 것이다.

시인의 작품 세계에서 고향이라는 지역성은 과거의 역사적
인물에 그치지 않고, 지금 이곳의 인물로 계속 서정화된다. 가
령, 대중가수를 소재로 한 「춘천, 김추자」라든가 「언덕배기 움

막집」의 껌팔이 할머니가 그러하다. 이런 드러냄이야말로 지역에 대한 자랑과 애착의 정서 없이는 불가능하다. 시인의 지역에 대한 열정은 인물뿐만 아니라 자연과 생활 풍속 등등으로 확장되어 뻗어나간다. 그의 시 속에는 마을의 전설(「아침못」)이 있고, 춘천만이 간직하고 있는 아름다운 자연이 있다(「춘천, 하롱베이」). 이렇듯 시인의 작품 속에서 춘천의 모든 것들이 한 편의 필름으로 아름답게 복원되고 있는 것이다. 「춘천역」도 그러한 아우라에서 얻어진, 지난날의 아름다운 풍광으로 우리 앞에 다가온다.

춘천 근화동 자취방에 경춘선 기적 소리 멈춘 적 없다
입석 버스 십 원 아끼려고 교동 36번지까지 걸어 다닐 때
친구와 나는 그 기차를 타본 적은 없다
역 광장까지 가서도 상행선 기차표를 끊지는 못했다

함께 자취하는 친구는 왕국회관 파수대 시험공부에 푹 빠져들고
나는 기말고사 범위 안에서 몇 밤을 뱅뱅 돌았다

잠을 쫓기 위해 춘천역까지 달리기하던 한여름 밤,
윗동네 홍등가에서는 홀딱 벗은 불빛이 으시시 겁을 주고
미군부대 서치라이트는 빠른 물레방아처럼 돌고 있었다

딱정벌레 같았던 자취집은
명 질기게 버텨서 아직도 허물어지지 않았는데,

진학 상담 없이 졸업을 하고 친구는 소식이 끊겼다

비둘기, 통일호, 무궁화호 다 사라지고
청춘열차 ITX 으스대고 내달리지만
상경에 서툴렀던 여고 시절만큼이나
춘천역 개찰구는 여전히 낯설고 아득한 이정표다

한 칸 방 기차에 세 들어 살았던 근화동,
덜컹덜컹 닳아 없어진 미군부대, 난초촌, 옛 춘천 역사
기억의 철길 따라 반사되는 춘천의 낯익은 이름들이 귀
청을 울린다

― 「춘천역」 전문

　시인의 기억 속에 놓여 있는 춘천역은 과거와 현재가 함께
공존하는 공간이다. 하지만 시인의 정서를 지배하고 있는 것
은 현재의 삶보다는 지나온 과거의 그것들이다. 지난 시절의
그곳은 시인이 꿈꾸었던 희망의 공간이기도 했고, 또 좌절의
공간이기도 했다. 하지만 과거에 대한 현재화가 중요한 것은
이 공간을 지배했던 것들, 가령 입석 버스라든가 왕국회관 파
수대, 혹은 기말고사 등등과 같은 체험의 공유지대이다. 우리
는 이런 경험소들을 통해서 시인과 더불어 과거로의 여행을
떠날 수가 있게 된다. 거기서 자취집이라든가 홍등가, 비둘기,
통일호 등등도 만나게 된다. 이런 추억의 공간이나 매개들은
우리의 무의식 저변에 깊이 잠들어 있던 경험들을 현재화시켜
준다. 이는 곧 과거의 과거성이자 현재성이며, 우리의 심연에

해당된다. 그러한 심연이 있기에 과거는 현재 속에서 생생하게 살아나게 된다.

함께 공유할 수 있는 대상들이 시인과 독자를 과거의 지대로 함께 안내하게 되는데, 이는 다른 어떤 소재보다도 동일한 정서의 공감대로 굳게 묶이게 하는 감각들이라 할 수 있다. 우리는 그 매개를 통해서 시인과 만나고, 또 그 시대의 현장 속으로 빨려 들어간다. 그리하여 그곳에서 아름다운 공유지대를 만들어가면서 우리는 하나가 된다. 이를 두고 정서의 통일성이라든가 인식의 완결성을 가져오는 것이라 해도 무방한 경우이다. 하지만 시간의 흐름은 이제 그곳을 지속성이라든가 현재성으로 남기지 못하는 한계 역시 갖고 있다. 그것은 오직 과거의 어떤 지점으로, 다시 말해 우리 기억의 지대 속으로 남아 있을 뿐이기 때문이다.

그렇지만 기억 속에 남겨져 있다는 것은 비록 그것이 부정의 것이라 할지라도 알 수 없는 향수라든가 그리움의 정서로부터 자유롭지 않은 경우이다. 하물며 과거 속에 묻힌 역사가 긍정적인 것이라면 더욱 아련하게 우리의 심연에 남아 있을 것이다. 그 긍정과 부정의 심연이 만들어내는 것이 시인이 갖고 있는 서정의 샘이거니와 우리가 시인의 작품 속에 고향의 감각을 주목하는 이유이기도 하다. 그만큼 고향과 시인의 작품은 불가분의 관계로 얽혀져 있어서 서정의 틀과 판을 구성하고 있었던 것이다.

2. 잃어버린 근원과 그 갈라진 틈

시간의 흐름은 어느 특정 존재를 자신만의 고유한 장소로부터 분리시키도록 추동한다. 그런데 그러한 분리들은 근대화가 진행됨에 따라 더욱 가속화된다. 시간의 경과라는 물리적 거리를 넘어서 이제 그곳은 새로운 물질적 환경으로 덧씌워지게 된다. 그러한 변화들이야말로 근대 과학 물질문명과 견고히 결합되어 있거니와 이는 김금분 시인에게도 예외적인 것이 아니었다. 앞서 살펴본 「춘천역」에서의 '춘천'은 시인 자신에게 이곳이 더 이상 과거의 아름다운 공간, 고유한 공간으로 공존할 수 없음을 일러주고 있다. 그러나 이는 파괴라든가 포기의 정서와는 다소 거리가 먼 것이라 할 수 있다. 그것은 새로움이고 또한 발명에 가까운 것이기 때문이다. 그러니 이전의 것들이 새로움 속에 묻혀 과거의 어떤 퇴영물로 남아 있게 되는 것이다. 이러한 과정을 포착해낸 것이 「일자(一字) 집들」이다.

1.
볏짚 썰어 황토흙에 섞을 때
궁핍이 훤히 들여다보이는 벽집이 된다는 걸 그 무렵엔
몰랐다
하루해도 모자라 달밤에까지 흙손으로 치바르던 수수깡
틈새가
토막잠 쌓아두는 눅눅한 광이 된다는 걸 미처 생각하지
못했다

오일장 설 때마다 선짓국이 끓고

위하수를 달고 살던 그녀는 앞치마에 비릿한 돈을 받아 넣었다
찬바람 막기에는 너무 얇은 흙벽처럼
홑겨만 한 몸뚱어리 나흘은 앓아 누웠다

2.
투전이 길어지는 겨울밤마다
산 아래 막국수집 무쇠솥에서는 밤새워 물이 끓고
골방에서 얻어 먹던 짜투리 국숫발은 세상에 없는 면 맛이었다
이름난 화톳꾼들 출몰하고 판돈 대며 거들먹거리는 난봉꾼, 한 판 돌 때마다 개평을 던졌다

마른 흙 눈발처럼 부서져내리는 몇 번 흥망의 겨울 지나
열대여섯 살 아이들은 대동화학으로, 서비스공장으로, 시장 점원으로 떠났다

3.
외롭고 심심해진 수수깡은 저 혼자 남아 오래 갈라지고 흙을 털어내기 시작했다

뼈가 약한 일자(一子) 집들 껑충해져 발목까지 부서지더니

마을 표지석 뒷길 큰 산 아래로 문패 두고 돌아가 뿔뿔이 흩어졌다

— 「일자(一字) 집들」 전문

전통이 사라지고 난 후의 과거의 유산이 이 작품만큼 사실적으로 제시된 경우도 드문 것이다. 그뿐만 아니라 이 작품은 근대화의 물결 속에서 전통적인 것들이 어떻게 해체되고 있는가 하는 과정도 서사라는 형식을 통해 제시해주고 있다. 그만큼 인용시에는 시간의 경과에 따른 사물의 해체 과정이 시간의 흐름 속에 순차적으로 구성되고 있는 것이다.

이 시의 주제는 근대화의 물결에 따라 사라져가는 것들에 대한 페이소스의 정서라 할 수 있다. 여기에는 아득한 원형적 농촌 공동체의 모습이 생생하게 복원되고 있는데, 실상 이런 감각들은 회한과 아쉬움, 그리고 그리움의 정서를 떠나서는 설명할 수 없는 것들이다. 그런데 이 작품에서 농촌의 고유한 풍경과 풍속에 대한 사실적 묘사가 관심을 끌기도 하지만 가장 의미 있는 부분은 시대적 함의를 읽어낼 수 있는 2장 후반부이다. "마른 흙 눈발처럼 부서져내리는 몇 번 흥망의 겨울 지나/열대여섯 살 아이들은 대동화학으로, 서비스공장으로, 시장 점원으로 떠났다"는 것인데, 이는 곧 농민층의 분해 과정을 묘파한 것이어서 주목을 요하는 부분이 아닐 수 없다. 근대화가 농민층에게 요구한 것은 더 이상 농민으로 살아갈 수 없게 한 것인데, 그 과정에서 농민들은 노동자를 비롯한 시민적 주체 혹은 근대적 주체로 새로운 변신을 하게 된다. 사회의 주류층이 농민에서 근대 시민층으로 새롭게 탄생하는 것이다. 근대화는 이렇게 농민층을 근대가 요구하는 주체로 변모시켰다. 물론 그러한 변모와 더불어 소위 전통적인 것들 역시 동일한 운명을 겪게 된 것이다.

전통이 붕괴된다는 것, 그리고 그것이 근대 속에 편입되는 것이 유토피아 의식과는 전혀 무관한 것임은 역사철학이 증명하는 것이거니와 농촌과 전통을 응시하는 시인의 사유 또한 이와 밀접한 관련을 갖는 것이라 할 수 있겠다. 그것은 영원에 대한 감수성의 상실이라는 근대의 위기와 동일한 것이었다. 공동체의 파괴에 따른 위기의 단면들은 『강으로 향하는 문』의 곳곳에서 산견된다.

길고 포악한 성정으로 전 국토를 흙탕물로 쓸어버린 이천이 십 년 팔월 대(大)장마, 삼 년 만에 소양댐 수문이 꾸역꾸역 열리고 그 하류에 있는 의암댐 방류로 순식간의 유속(流速)을 못 이겨 북한강 숨통이 급류에 갇혀 멱에 차 헐떡일 때, 그까짓 게 뭔데, 춘천의 심벌이라는 하트, 물에 둥둥 뜨는 유치한 사랑, 인공 수초섬은 애초에 사랑도 아니었다, 갈팡질팡, 억지 사랑은 부초가 되어 붙잡을 부표조차 없었다

님아, 그 배를 띄우지 마소
퍼붓는 장맛비에 어쩌시려오
저 인공 풀들은 애저녁에 목숨 놓았는데
십팔억 공사비가 눈앞에서 날아간다 해도
휘말리지 마시고 어여 돌아서시오
님아, 님아,
하늘이 불러내었소?
강기슭에 이리저리 옮겨 매던 사랑이
뿌리가 있었을 리 만무한데
억지로 붙들어 맨다고 쪼개진 하트가 꿰매지겠소
살았어도 죽었어도

먹먹한 하늘은 저대로이고
빗줄기는 점점 더 세게 눈물바다를 만들고 있소
님이여, 님은 그예 강을 건너시었소
어두운 천지가 제 머리 뜯으며 둥둥 북소리
안타까운 발 구르는 경춘국도
댐 하구에 걸린 생때같은 목숨과 영영 흘러가는 먹구름
이여

— 「춘천, 공무도하가」 전문

이 작품은 의암호에 설치되었던 하트 모양 인공 수초섬을 지키려다 실종된 담당자들의 비극을 다룬 것이다. 인간의 욕망을 만족시키기 위해 동원한 것이 소위 인위적인 것들일 것이고, 인공 수초섬 역시 그 연장선에 놓인 것이다. 그런데 때마침 시작된 장맛비에 이 인공물은 파괴의 운명을 맞이했다. 하지만 이를 되돌리기 위해 또 다른 인위적 행위가 시도되었다. 인공물을 지키려는 사람들의 시도가 바로 그러하다. 하지만 이들은 이 인위를 위한 또 다른 인위를 극복하지 못하고 결국은 죽음을 면치 못했다. 근대라는 것, 이를 추동하는 욕망이라는 것이 없었다면, 인공 수초섬으로 인한 비극은 없었을 것이다. 인공이라는 것은 자연과 대치되는 자리에 놓인 것인데, 이미 가공의 단계를 거쳤다는 것만으로도 그것은 순리와 대립 관계를 형성한다.

인공은 자연과 전통을 파괴했고, 또한 해체했다. 그 과정 속에 사라져간 것이 순리이고, 또 조화의 세계이다. 과거의 유현한 아름다움이 시간의 흐름 속에 묻혀갔듯이 조화의 세계 또한 근대화의 질서 속에 사라져간 것이다. 그런데 시인에게는 그 빈자리가 너무 넓고 깊었을 뿐만 아니라 크나큰 상처로 남겨졌다.

근대 사회란 누구나 기대했던 유토피아와는 거리가 있는 것이었다. 기대되었던 행복에 대한 영원한 꿈들이란 한갓 신기루에 불과했다. 조화가 깨진 자리에 갈등이 틈입해 들어오고, 순수의 공간에 욕망의 거추장스러운 거미줄이 들어서게 되었다. 하지만 이런 부정성이 있음에도 불구하고 근대 문명은 이를 해결해 줄 힘도 능력도 없었다. 오직 자기 이익을 채우고, 자기 영역만을 넓히는 욕망의 거침없는 흐름만이 거듭거듭 물결쳐 들어왔을 뿐이다. 그리하여 인간은 집단으로부터 자기 혼자 소외당하는 것이 아닌가 하는 고민의 기계가 되었고(「못 버리는 일」), 바른 말, 옳은 말이 자리 잡을 수 없는 사회 속에 갇혀 살게 되었다(「농담계」).

　　길눈이 어두워 늘 어리버리 헤맨다
　　멈출 수 없는 신호에 떠밀려
　　길 밖으로 벗어나기 일쑤다

　　길은 나에게 열등감을 주고
　　자세히 그려준 약도 앞에서도 설설 긴다
　　길은 어디에나 있다는 말이 더 혼란스럽다

　　이런 멍청이 같은 회로를 달고
　　한평생 살다니

논두렁을 내달려 뛰어갈 때는 얼마나 눈이 밝았던가

철들어 사람 마음의 길 더듬거리다가
나는 너무 더듬거리다가
허방을 짚거나
길이 먼저 신발을 벗어버릴 때도 많았다

헐떡거리는 신발을 끌고
이만큼 와 있는 까막눈길

어제의 내가 오리무중이고 오늘의 내가 벼랑길이다
　　　　　　　　　　　　　　　　　　—「길눈」 전문

계몽 이전의 사회는 인간이 나아가야 할 길이 제시되거나
밝혀진 경우가 거의 없었다. 그러나 과학적 만능, 곧 계몽의
확산은 인간에게 지식을 주었고, 앎의 전능이 무엇인지 이해
하게끔 만들었다. 근대 사회는 앎을 위한, 앎을 향한 지식 지
향적인 사회인 까닭이다. 지식이 많다는 것은 자신을 곧추세
워나갈 수 있는 방향들이 많다는 뜻도 된다. 나아갈 길이 많기
에, 다시 말해 새로운 미래로 나아갈 도정이 많기에 인간은 많
은 선택의 여지를 갖게 되었다. 이 여지는 옳지 않은 길을 피
할 수 있는 절대 조건을 만들어주었다. 하지만 길이 많다는
것, 곧 선택지가 많다는 것은 새로운 고뇌로 다가왔다. 자신
앞에 놓여진 길이 많다는 것이 결코 정서의 안정과는 하등 관
련이 없다는 것을 1920년대 소월은 이미 간파한 바 있다. "갈

래갈래 갈린 길/길이라도/내게 바이 갈 길은 하나없소"("길")라고 한 것처럼 소월 자신 앞에 수많은 길이 있어도 그가 쉽게 선택할 수 있는 길은 없었던 것이다. 이런 길의 부재는 김금분 시인에게도 동일한 것이었다. "길눈이 어두워 늘 어리버리 헤맨" 것뿐만 아니라 "길은 어디에나 있다는 말이 더 혼란스럽다"는 부조리한 상황 인식 또한 동일한 것이기 때문이다.

3. 원점회귀로서의 고향과 승화된 '촛불'

자기 영역이 점점 커지고 자기애가 강하게 되면, 자신을 만드는 경계 또한 견고해지기 마련이다. 그렇게 되면, 타인과의 거리는 심화되고 소위 점이지대라든가 중립과 같은 어정쩡한 공간은 설 자리가 없어지게 된다. 가운데의 미학이 없다는 것은 이른바 대립의 정서가 무척 강하다는 뜻이 된다. 여기서 갈등을 무화시킬 수 있는 타협의 미덕이 생성될 수 있는 여지는 현저히 줄어들게 된다.

욕망이 강화된 근대 사회가 범한 오류 가운데 하나는 타협이 없는 지대를 만들었다는 것이다. 그것은 중립과도 무관하고 양보와도 거리가 있는 것이다. 자신만의 영역을 지키기 위해서는 이런 중화의 감각은 애초부터 필요하지 않았던 것인지도 모른다.

> 해와 달은 누구의 판결로 아름다운 실형을 사시는가
> 온 인류가 성호를 그으며

일평생 면회를 가고
그믐길도 쉬어갈 수 없는 종신 형량들

해 아래 달 아래
평생 순리대로 살아라, 법 없이도 산단다
논두렁 인심 속에 섞여 있는 육법전서

내 어렸을 적
동네마다 명판사 한 어른씩 신출귀몰하셨는데
순 엉터리 같으면서도
모두의 고개가 절로 끄덕여지는
구부정한 낙조의 호령이 엄하고도 따뜻했다

　그 시절의 찌질한 잘못과 그 시절의 능청스런 징벌이 그
리운 이 시대,

　연애편지도 못 써보고 툭하면 고소장이 난무하는 고발
만능 시대에
　법은 누구 편인가, 멀미가 나는 세상이다
　법 좋아하다가 법에 망한다는데,
　　　　　　　　　　　　　　　　—「구부정한 법」 전문

　'구부정한 법'이란 명쾌하면서도 그렇지 못한, 아이러니컬한
감각을 유지하고 있는 경우이다. 법이란 엄정하고 비정한 것
이기에 '구부정한'과 같은 포용의 정서를 결코 내포할 수 없는
까닭이다. 하지만 작품의 내용을 이해하게 되면, 이 어구가 함
의하는 의미를 금방 알아차리게 된다. 그것은 바로 중립의 감

각 혹은 조화의 정서에서 찾아진다. 이를 가능케 한 것이 시인의 어린 시절 명성을 날렸던 '명판사 어른'의 존재이다. 이를 '명판사'의 반열에 오르게 한 것이 바로 '구부정한'에서 감각되는 포용의 정서이다.

이 감각이 더욱 중요하게 다가오는 것은 요즈음 우리 일상에서 가장 흔히 듣는 담론 가운데 하나인 '법대로'라든가 '법적 조치'라는 담론이 주는 엄정함 때문이다. 이 담론들 속에는 자신을 향한 부정이나 타인을 향한 분노 등에 대해 타협할 수 있는 여지가 애초부터 삭제되어 있다. '법적 조치'라는 말에는 진실 여부를 가리자는 의도가 그 중심에 놓여 있음에도 불구하고 이 본연의 의도와는 전연 관계없이 차용되고 있다. 처음부터 타협을 배제하고 자신만의 욕망이나 기득권을 보전해나가겠다는 의지만이 빛을 발하고 있을 뿐이다.

지금 이곳에서 유행처럼 번지고 있는 이런 메마른 정서와 달리 과거의 사회는 어떠했는가. 다시 말해 농촌의 아름다운 질서와 조화의 세계가 온존하던 시기에는 이런 '법대로'라든가 '법적 조치'라는 말이 곧추세워질 수 있었던 것인가. 「구부정한 법」을 읽어보면 대번에 알 수 있는 것처럼, 이는 곧 언어도단임을 알 수 있을 것이다. 양보와 타협, 조화의 감각이 다른 어떤 법의 감각보다 앞서 있기 때문이다. 그것이 곧 '구부정한' 정서이다.

거울에 비친 몇 가닥 하얀 햇살
눈부신 것이 그것뿐이냐

군데군데 반짝이는 세월의 매복병이
바랭이풀 사이로 몸을 내민다

뽑을까, 말까

무덤에 가을풀 만지듯
쓰다듬고 헤집어보고
흑을 버릴지 백을 버릴지
한 올을 잡았다 제자리 놓아주는,

생각해 보니 굳이 흑백을 가릴 게 무어냐
검은 머리 흰 머리, 자리를 양보하며 퍼져가는데
들판의 뜻대로 내버려 둘란다

—「흑백」 부분

인용시 역시 「구부정한 법」의 연장선에 놓이는 작품이다. 자
신만의 욕망, 자신만의 경계를 견고히 구축하다 보면, 자기 이
기주의가 발생하고, 궁극에는 집단 이기주의가 형성된다. 그
극단의 표현이 바로 흑백논리이다. 내가 생존하기 위해서라
면, 상대방은 무조건 굴복되거나 사라져야 한다. 이런 이기주
의는 분명한 욕심인데, 중립의 지대 혹은 조화의 감각만 회복
되면, 이런 대립은 더 이상 성립하지 않을 것이다. 그럼에도
인간 사회는 그러한 여유가 없다. 조금만 양보해도 아름다운
조화가 성립될 수 있음에도 말이다. 이 작품은 이렇게 양도논
법으로 갈라진 사회에 대해, 순리가 무엇인지 양보가 무엇인
지, 그리고 중화의 감각이 어떤 것인지에 대해서 뚜렷이 일러

주고 있다.

　과거와 현재, 전통과 근대, 혹은 농촌과 도시를 구분하는 근대 잣대가 '구부정한 법'과 '법대로'인지도 모르겠다. 그리고 양보와 흑백논리의 정서일 수도 있을 것이다. 시인은 적어도 그런 구분의 인식성을 이런 대항담론에 두고 있는 듯하다. 그러한 한편으로 포용이 없는 시대, 용서가 없는 이 시대에 대해 무언의 항의를 던지고 있는 것처럼 보인다. 이런 면들은 순리에 대한 어깃장에서 발생한 것들이 아닌가. 그리고 그 저변에 깔려 있는 욕망의 무한한 발산과 이 시대의 화두인 근대가 던진 어두운 그림자가 아닌가. 시인은 실제로 이런 단면들이 모두 이런 부정성들과 밀접한 관련이 있는 것으로 이해하고 있는 듯하다.

　　북한강과 소양강이 만나
　　낮고 푸른 곳으로 머리를 두고 흐르는 강
　　인생의 물결처럼 안으로 깊게 출렁인다
　　어디로 간다 눈짓도 없이,
　　그곳으로 가는 경계가 여기 있다
　　강으로 향하는 문!
　　안과 밖이 꽃처럼 통하고 나와 그대가 차 향기로 소통하
　는 곳

　　이 문은 희망과 사람이 마주 보는 거울
　　열어도 보이고 닫아도 보이는 문
　　　　　　　　　　　　　　　─「강으로 향하는 문」 전문

강이 자연스러운 흐름이라는 순리의 표상임은 잘 알려진 일이다. 순리는 거슬림이 없는 세계인데, 가령 "낮고 푸른 곳으로 머리를 두고 흐르는 강"처럼 자연스러움을 생리적으로 받아들이는 것이 이것의 생리적 속성이다. 강이란 적어도 당연히 그러할 수밖에 없는 것인데, 인간 또한 강처럼 그렇게 나아가자고 선언한다. 강처럼 흘러가듯이 인간 또한 그렇게 흘러가는 것, 그것이 '강으로 향하는 문'의 근본 속성이자 요체이다. 그런데 '문'이라고 했지만, 여기서의 '문'이란 곧 불립문자에 불과할 뿐이다. 문이란 소통을 함의하기도 하고 또 차단을 함의하기도 한다. 하지만 여기서는 후자에 가깝거니와 강과 인간 사이, 혹은 인간과 인간 사이에 놓인 단순한 문 혹은 또 다른 경계로 구현되고 있다. 경계란 앞서 말한 차단의 문자들, 가령 욕망이라든가 근대의 어두운 그림자 혹은 자기만의 영토일 뿐이지만 여기서는 그러한 의미와는 전연 관계가 없는 것이라 하겠다.

강처럼, 인간 사회 역시 어떤 경계가 존재해서는 인간의 영원한 꿈인 유토피아란 결코 달성될 수가 없다. 그러한 경계가 무너져 하나의 완전한 단위, 곧 전일체가 될 때 비로소 새로운 영토가 만들어질 것이다. 시인의 말처럼, "안과 밖이 꽃처럼 통하고 나와 그대가 차 향기로 소통하는 곳"이 비로소 탄생하는 것이다. 부재하면서도 존재하는 문, 또 그 반대의 문, 여기서 시인은 비로소 희망을 보고 인간의 참다운 모습을 발견하게 된다.

너를 만나기 위해 성냥을 찾아야 했다
반들반들해진 황,
불이 쉽게 붙을 리 없다

굿고 또 긋고
겨우 남아 있는 한 귀퉁이
두 손으로 동그랗게 감싸 쥐고
바람을 막아줘야 불씨가 튄다

누군가는 네가 먼저인 줄 안다
어두웠던 방이 환해진다고 믿기 때문이다
또는 제 몸을 태워 주위를 밝혀준다는 미덕을 떠올리기
도 한다

그러나, 침묵했던 무명(無明)의 성냥개비가 설해에 부러
지기도 하고
불발의 잔재가 머릿속 수북이 황으로 쌓인 시간이 지나
야
너는 한 촉의 난꽃이 된다

너와 내 뼈가 산산이 뿌려져야 지극한 향불이 된다
—「촛불」전문

지금껏 경험해 보지 못한, 새로운 절대 세계에 도달하는 것
이 어떤 막연한 선언에 의해 가능해지는 것은 아니다. 아무리
좋은 이념도 실천이 선행되지 않으면 결코 성취해낼 수 없는
까닭이다. 그런 면에서 주목되는 작품이 「촛불」의 정신이랄까,

세계이다. 시인은 이 작품에서 자신을 촛불로 비유했고, 거기서 고상한 형이상학적 의미를 이끌어내있나. 아니 자신만이 아니라 이는 어쩌면 이 시대를 살아가는 모든 존재들에게 던지는 형이상학적 구경의 질문인 것인지도 모르겠다.

시인은 이 작품에서 "너를 만나기 위해서 성냥을 찾아야 했다"고 한다. 여기서 너는 어둠일 수도 있고, 어둠에 갇힌 미지의 어떤 실체일 수도 있다. 하지만 그것이 어떤 것이든 중요하지 않는데, 여기서 의미 있는 것은 성냥은 그러한 실체에 도달하기 위한 매개에 불과하다는 것, 그리고 또 다른 자아를 만들어내기 위한 수단이라는 사실이다.

그 매개와 수단이 만들어내는 것이 '향불'인데, 이는 곧 자기 수양이라는 윤리적 감각과 분리하기 어려운 것이라는 점에서 그 의미가 있다. 근대의 명암이라든가 존재론적 완성이라는 인간의 영원한 꿈을 실현하기 위해서는 '자아'의 영역을 벗어나서는 성립하기 어렵다. 가령, 인간의 자아를 불구화시킨 것도 욕망이고, '법대로'에서 보듯 조화의 매개를 찾지 못한 것도 이 불구화된 자아에서 기인하는 것이기 때문이다. 그래서 자아를 올곧게 다스리는 일이 무엇보다 중요하다. 시인이 "너와 내 뼈가 산산이 뿌려져야 지극한 향불"이 된다는 것도 이와 밀접한 관련이 있다. 스스로를 태워서 존재를 무화시킬 때 비로소 하나의 동일성으로 나아가는 계기를 만들 수 있을 것이다. 그것은 물론 자아 혼자만의 문제가 아니라 '너'로 표상되는 '우리' 모두의 문제이기도 하다. 이럴 경우 비로소 경계라는 어두운 지대로부터 탈출할 수 있고, 그리하여 모두가 하나일 수 있는 영원의 세계, 동일성의 세계로 나아갈 수 있는 계기를 마련할 수 있을 것이다.

　김금분의 시들은 고향이라는 절대적 공간을 기반으로 하고 있다. 그곳은 시인의 동일성과 자신의 영원한 꿈이 깃들어 있는 공간이다. 하지만 이 아름다운 공간마저도 근대의 어두운 단면으로부터 자유롭지 못했다. 그리하여 시인은 그 잃어버린 낙원을 자신의 정서 속에 지우지 못하고 계속 회고의 정서를, 그리움의 정서를 표명해 내었다. 잊지 않기 위해서는 무의식 속에 갇혀 있었던 흔적을 발견해 내고, 이를 끊임없이 환기시켜야 했다. 그 속에서 시인은 내밀한 상처를 치유하고, 미래를 향한 새로운 동력을 확보하고자 했다. 활활 타오르는 촛불 속에 자신을 무화시켜 가면서 새로운 인식지대를 만들어내고자 했던 것이다. 그 노력의 표현이 『강으로 향하는 문』의 기나긴 서정의 도정이라 할 수 있다.